人活著的時候要愉快一點，

因為死了以後時間很長。

活著的那個時間，

每一天你都要珍惜，

即使是挫敗，即使是折磨，

你都要有知有覺的去看它。

時間，有點像北宜線的火車，它帶著我過了一個山洞，又過了一個山洞，每回眼前一黑再一亮，看到的是個不同的景物，而我的人生就也跟著推進到一個又一個的階段。

事隔近三十三年，竟然跟昨天一樣。

老實說，近一個月來的每個星期六、和星期日，我都是一個人窩在辦公室裡做轉印輸出的工作。

常常邊聽著音樂，邊看著螢幕上的過往時光，不知不覺的把電腦螢幕當成了鏡子。

我想到明天sister要我們表演英文對話，我想到于衡老師早上氣極脫口而出：「誰要教你們這個爛學校？！」

我擔心丁賽梅掉進海裡進水的那部相機、我想到我一直欠小陸經一封信還沒回……

這點點滴滴裡面，累積、形成了支撐我一路走來的初衷，我和久違的自己藉著老相片重逢。

音樂竟然會讓人淚流滿面，並且不自覺。

那是李宗盛唱的再回首。

在整理舊照的這段時間，我腦海裡的情緒翻攪，又恢復了往日的心情與神采。

好像整個人被重新充電一樣，感到無比的樂觀和勇敢。

原來，家人一場，只是一段同車的時光，時候到了，終將揮手別離。

甚至，有時走得匆忙，也會揮手不及……

通常，廣告中是會避免出現這種不圓滿的結局。而在真實的人生，

卻怎由得你說走就走，說停就停。

有人說過，家，是離開了才會懷念的地方，是失去了才會懷念的時光。

在真實的生活裡，有許多人永遠回不去他們記憶中的"家"，

藉著廣告，他們得到安慰，這其中，也包括了我這做廣告的自己在內。

有點黑白照的味道，

很動人的單純感覺。

這張照片，

我放大了掛在家門前。

這是一種枝垂櫻。

不知怎地，總覺得它秀色可餐，

放一朵到粗陶捏製的茶杯裡應該很動人，或者擺在蛋糕甜點上也不賴。

必須承認自己滿俗氣的。

有些櫻花的開法，

非常敬業，

毫無保留！

樹上除了花朵，

還是花朵，

全然不顧明天死活的演出激情。

這種開法，

好像告訴你，

我倆沒有明天。

路燈點亮的櫻花，牠們珍惜盛開的每一分、每一秒，不眠不休。

和櫻花在洶湧的人海失散多年，竟然會在山間不期而遇，

像是意外的碰見初戀情人，她還是一如當初的嬌美，而且，沒有吵雜、煞風景的人群。

你之所以為你是因為你有你的記憶，

若這記憶消失了，那這算什麼？

其實真正讓我依依不捨的，是火光照耀下的這些人！我們一起工作、玩耍，像家人一樣的生活在一起……有些時候，我覺得同事之間的相知、相惜，甚至超過與家人的親近！人生若長，為什麼不在志同道合的人短暫相聚的一刻，讓自己發熱發光呢？

你真的想做就要下定決心，不是想做還猶猶豫豫、瞻前顧後的，這是一個態度的問題。

事實上，我喜歡到各處旅行，

但我在旅行的時候，

會回頭再去看自己所處的環境跟生活；

因為得回過頭來看，然後對照，

或者你保持一個距離，或者對照的時候再看現在的自己，

原來你忽視了些什麼，

或對一些東西的重要順位看法。

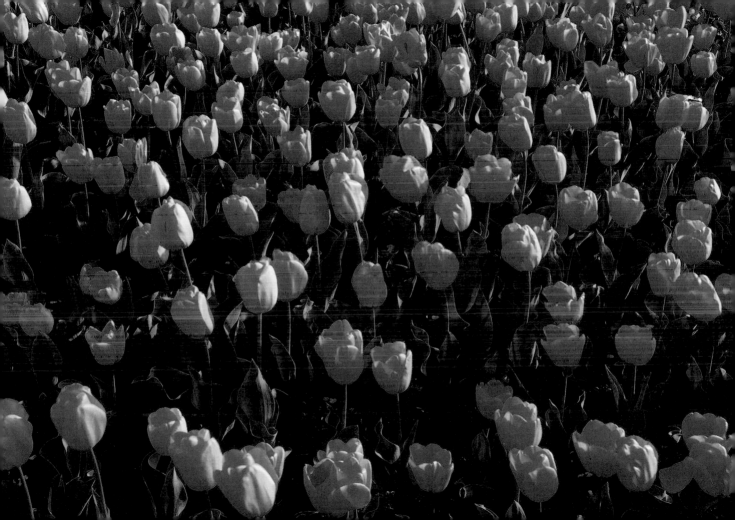

其實，

只要我們回顧一下自己的生命旅程，

我們遠比想像中的自己來得勇敢。

因為在每一個人生的十字路口，

我們反而敢於冒著極大的風險，

一腳踩進一個混沌的未來。

做任何事情，

只要你很認真的投入情感，

它都可以是一種遊戲、一種競賽、一種事業，

並且讓你為之瘋狂，

樂此不疲！

我敢去面對輸，所以我經常贏。

不怕被三振。

敢面對輸，敢上場，

演練機會就愈多。

人的價值絕對不是從一次兩次三次來論斷的，

用的是最後平均打擊率。

一個職業棒球選手，

要如何看待三振？

每被三振一次都要很高興，

因為離下一次的安打又更進一步。

這就是態度。

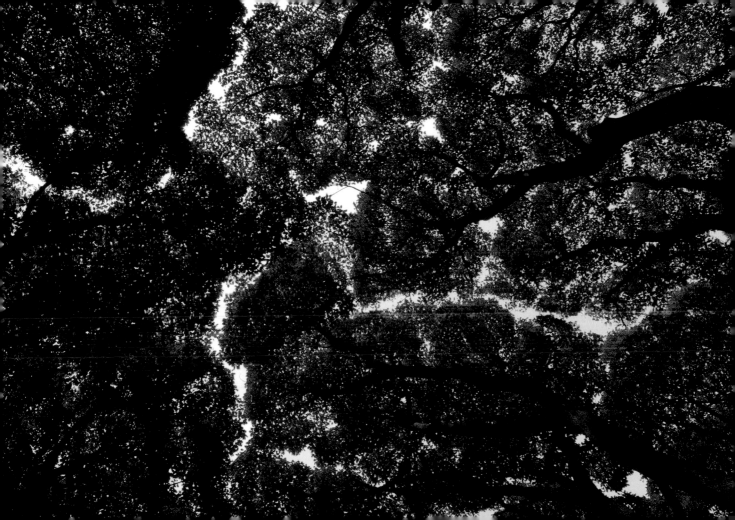

"夢想不死，除非自己放棄，否則沒有人可以偷走"。

我們不只作夢而且我們還要有勇氣去執行，不然你只是空談而已，執行是非常重要的。

前一秒還在青春年少的夢裡，輕盈得像是蝴蝶般的飛舞；後一秒卻在中年的沈重裡醒來，看到一個腦滿腸肥的

報名參加鐵人三項，本質上，對我來說，就是想追回蝴蝶的一種衝動或是掙扎。

高血壓、五十肩、老花，這些中年人該有的標準配備我都具備；連額外的選用配備，像是氣喘、心律不整、椎間盤突

廣告圈的二三子們，聽到 "孫資政" 要參加鐵人三項，不知道笑翻了多少人。有人下注，賭這老賊這回到底是成

其實，不論成功，或是成仁，對我來說，都是達成志願，那就是贏過自己！到底什麼才是輸了自己呢？就是比

尚在自己的床上。那種落差和茫然，已經令人悲傷得像齣鬧劇。

在這輛使用過度的中古車身上，也比別人只多不少。

是成仁。

，心虛腳軟，找盡托詞，臨陣落跑。

人生好比旅途，

或快或慢、或喜或悲、或長或短、

最終人人都會到站！

為什麼不珍惜當下，

多瀏覽兩眼沿途的風光、

耳畔吹過的風、天上飄過的雲、

與你同行伙伴的笑語、

還有後座伸過來握著你的那隻手…

這是我和自行車愛恨交集多年之後，

才領悟到的一點點道理。

我們太急躁、

太急功近利或是太追求效率時，

就看不到過程，

人生一路就追到盡頭了。

當時間放慢後，

你會看到很多小細節。

我當過電影的助理副導演、雜誌社的特約攝影記者、通訊社的文字記者，

我開過好幾家花店，也開過貿易公司，

那這個履歷拿出來，好像琳瑯滿目，

可是只有一個標題，叫做「一事無成」。

可是對做創意的人，尤其是對做廣告創意的人來講，

一事無成是一個很重要的履歷。

別忘了，進入廣告這行，投入偉太這家公司，大家聚在保安街11號，是因為我們有共同的興趣、理想！當別人撞鐘撞得很累、很煩、很幹的時候，我們倒是應該好好的、痛快的、驕傲的、自得其樂的，絕無僅有的讓鐘去發出只有我們才能製造的美妙聲響。

這是個不進則退的競爭行業，只是消極的把工作做完，沒多久就會失去動力和光采！我們必須把眼前的每件工作，當成人生最後一次演出似的對待！

生命有限、機會更是如此，請各位千萬珍惜！！

當上老闆後就忘了蹺班這件事，是很荒謬的事情。

你覺得自己在猶豫或害怕的時候，

你就要叫〝出發〞！或者〝上〞！

然後讓自己後悔，

可是已經沒辦法後悔了。

覺得自己猶豫就往水裡跳下去，

然後再來想辦法怎麼對付裏面的鱷魚。

一隻雞，只要有飛的夢想和勇氣，就是鳥；一隻鳥，放棄了飛的念頭，就是雞。

從小母親就說我屁股是尖的，坐不住。

高中時曾經和老師學過太極拳，

當我三分鐘就打完一遍時，

老師建議我應該去學猴拳。

事實上我從我的小孩那學到很多，連我的電腦、我的打字，都是跟我的小孩學的。

絕大多數人，是具有可燃性的，只是他們還沒有到引燃的臨界點而已。

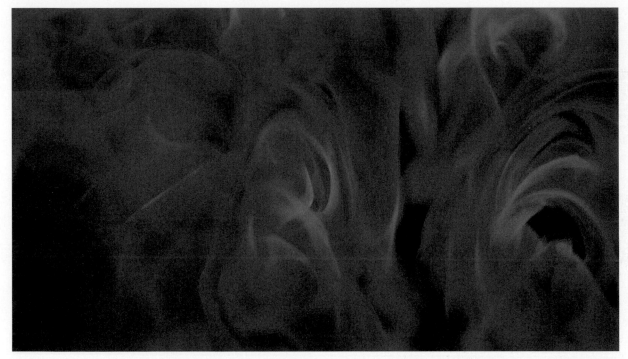

時候一到，根本不必怕被火燙傷，因為你就是火本身，你就是個發光體。

人生若長，為什麼不在志同道合的人短暫相聚的一刻，讓自己發熱發光呢？

不趕時間的話，遇到熟悉的十字路口時，要選一個陌生的方向。

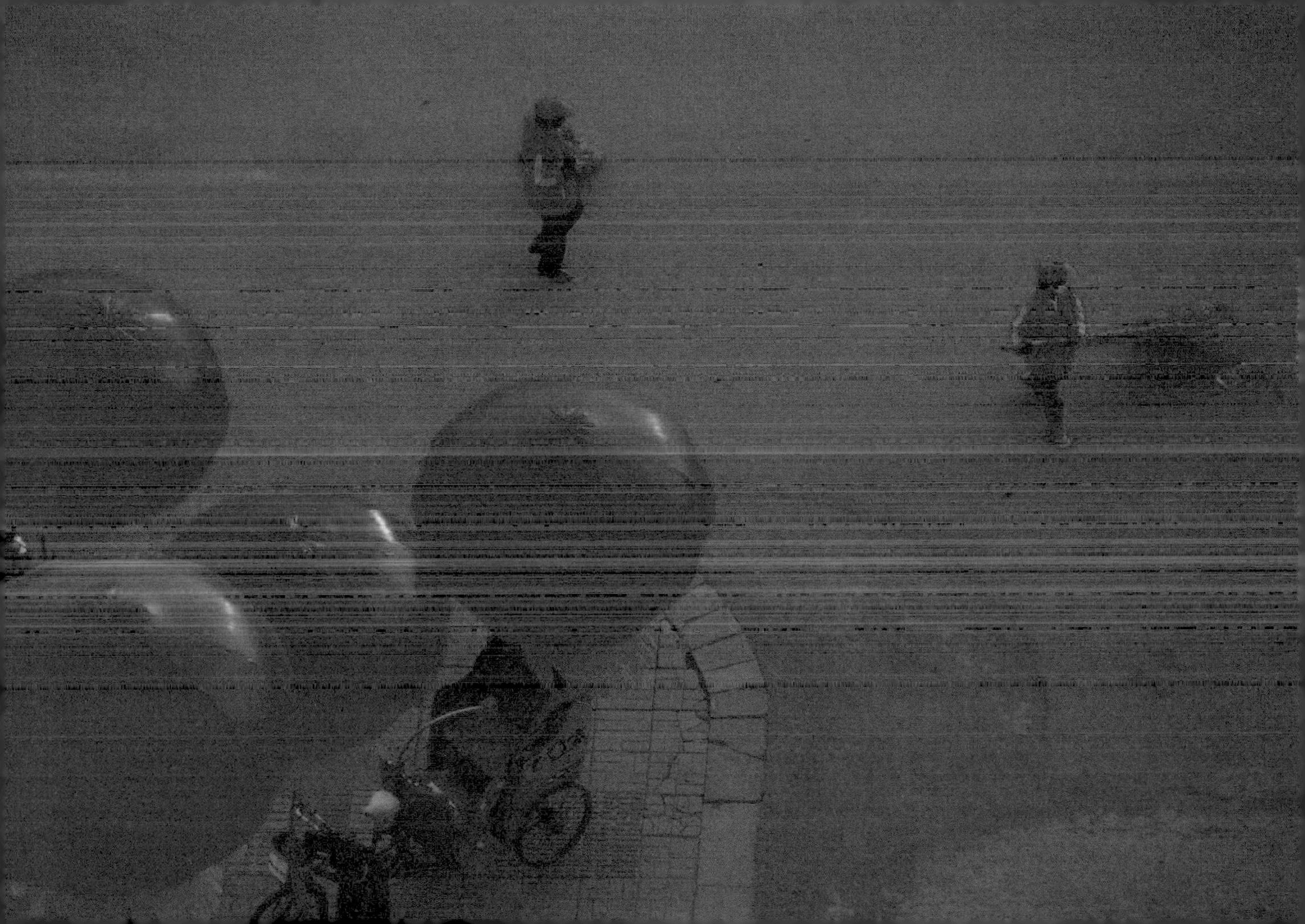

我們週遭的朋友、親友關係，

總說有一天再連絡吧！

或有事情再連絡，

但總有一天⋯⋯

你要聯絡的時候他就不見了。

所以有些東西要及時，

這也是慢慢的領悟，

不是說我喜歡去談死亡，我覺得是不可避免的。

別人可能是需要靜止才能凝聚能量，我則需要在不斷的移動中取得穩定。

如果真要走攝影這條路，我想應該是戰地攝影。槍林彈雨中，可以邊乘風破浪，邊聊天釣魚。

其實，回顧每回出去攝影時的心情，就有闖入戰地探險的味道，只是少了爆炸的聲音。

我環島回來後就試圖寫日記，

把它寫下來，

共騎了１９天的環島；

可是結果發現我第一天都還沒有完，

就已經寫了快２萬字，

覺得蠻可恥的，

光一天就都可以出一本書了。

生活在現代社會的忙碌人們，凡事在意的只是目的的完成或是終點的抵達。所以對過程中的一切，

有意無意的視而不見！但是對一個選擇自行車的人來說，他至少已經開始懂得放慢腳步，因為他發覺

到，過程中的點點滴滴和終點一樣可貴！甚至，有的時候，連終點都可以捨棄，不必那麼刻意強求。

我的小牛、小馬，

就是這麼一點一滴在父母有限的

能力範圍之內，

讓他們去嘗試各種可能。

讓他們去學習摔跤，

讓他們去拍著翅膀跑步，

遲早會有那麼一天，

時候到了，

一起風，他們就將飛行。

窗外的雨更大了，

突然很想回家！

在這樣的亂世，

能安靜地和家人同聚在一盞燈下，

那怕眼前擺的只有泡麵、醬菜，

也是一種值得慶幸的福氣。

突然有點多愁善感，

不知道是因為下雨或是年紀，

在聽著雨滴入睡的時分，

想到了一位玩家前輩的肺腑之言：

遊遍了千山萬水，

現在，沒有家人相伴，

我不獨自旅行。

終於，有點體會他的心境。

原來，讓你思念，讓你關心在意的親人在那裡，那裡就是家！

請記得，所有的驚濤駭浪，最後終會平息。

所有的乘風破浪，最後也要休息。

所有的傷痛欲絕，都蘊藏著正面的能量。

所以我們縱使淚流滿面，也不要忘了保持微笑。

老式的男子漢，

他擁有大家的愛，

他很高興，

但不會說出口。